中国诗人

林大邻

一著一

MU●
牡
DAN●
丹
YUAN●
院
WAI●
外

北方联合出版传媒（集团）股份有限公司
春风文艺出版社
·沈　阳·

图书在版编目（CIP）数据

牡丹院外 / 林大邻著. —沈阳：春风文艺出版社，
2019.8（2021.1重印）
（中国诗人）
ISBN 978 - 7 - 5313 - 5630 - 1

Ⅰ.①牡… Ⅱ.①林… Ⅲ.①诗集—中国—当代
Ⅳ.①I227

中国版本图书馆CIP数据核字（2019）第173054号

北方联合出版传媒（集团）股份有限公司
春风文艺出版社出版发行
http://www.chunfengwenyi.com
沈阳市和平区十一纬路25号　邮编：110003
永清县晔盛亚胶印有限公司印刷

责任编辑：韩　喆　　　　　　责任校对：陈　杰
装帧设计：琥珀视觉　　　　　幅面尺寸：125mm × 195mm
印　　张：7.5　　　　　　　字　　数：136千字
版　　次：2019年8月第1版　印　　次：2021年1月第2次
书　　号：ISBN 978-7-5313-5630-1
定　　价：45.00元

版权专有　侵权必究　举报电话：024-23284393
如有质量问题，请拨打电话：024-23284384

总　序

　　中国是诗的国度。千百年来，人们沐浴在诗歌传统中，传诵着一代又一代诗人写就的经典之作。而伴随着现代社会和互联网的发展，信息的传播和接受更加便捷，诗歌的阅读与创作方式也在潜移默化中被改变，在信息量无限扩大的互联网世界，远离喧嚣、静赏诗意显得尤为珍贵。

　　中国诗歌网正是在这样的背景下应运而生。作为国家重点文化工程，中国诗歌网以建立"诗人家园，诗歌高地"为宗旨，迅速成为目前国内也是世界诗歌类互联网专业出版平台和中国诗坛最具权威性和影响力的文学阵地之一。

　　互联网时代诗歌创作的便捷激发了一大批诗歌爱好者与诗人的创作热情，他们在公交车上写诗，在工作间隙写诗，他们创作的诗歌作品贴近现实与生活，在追求好诗的道路上不断前进。春风文艺出版社有着久远的诗歌出版史，《朦胧诗选》和《汪国真诗词精选》曾一度畅销。近两年，春风文艺出版社一直致力于打造优质诗歌的品牌。本着推介中国当代诗人的原则，中国诗歌网与春风文艺出版社决定联合推荐出版"中国诗人"诗丛，共同打造"中国诗人"这一诗歌新品牌。该诗丛计划出版百部优秀诗集，在注重诗歌质量的同时，力求结合互联网与传统出版的优势，通过直观的文本呈现向读者介绍一批热爱诗歌、坚持诗歌创作的诗人，以期汇集中国当代诗歌优秀成果，展示当代诗人的创作实绩与创作风貌。

作为国家文化工程的中国诗歌网，推出"中国诗人"诗丛，也是在整个民族复兴的伟大进程中展示中国人崭新的精神风貌。因此，我们在百花齐放的诗坛，特别关注有家国情怀的厚重力作，提倡来自生活的独特发现，鼓励创新探索的艺术精品，推崇高雅纯真的诗情意趣。我们希望这套"中国诗人"丛书是体现诗坛正能量，能够引人向上、向善、向美的诗歌佳作。

我们满怀期待，我们也真诚希望广大诗人和诗歌爱好者关注这套诗丛，与诗同在，我们为此感到自豪和幸福。我们期待更多的诗人加入我们这套丛书，我们也期待这套丛书走进更多读者的心田！

叶延滨

2017 年中秋前夕于北京

代　序

美的相遇，爱的洗礼

张恩浩

有时候，一次的偶然相遇，注定是人生一个美妙的插曲，并会成为一段美好的回忆。

2018年11月21日，温暖的午后，我抵达花香弥漫的福建厦门。作为嘉宾，我是应邀来为《中国好诗》杂志社的获奖诗人颁奖的。

缘分使然，在下榻的酒店，安排跟我同一个房间的是一位和我年龄相仿的福建诗人——林大邻。其实，当时我更对他的近乎土得掉渣的真名感兴趣。林俩传，这个名字给我的第一感觉是有点怪异，所以在我俩聊天时，我发挥了幽默的特长，加入了调侃的语气。当他耐心跟我解读之后，我立刻失去了继续开玩笑的兴趣，并对这个经历困苦与磨难、承载着两个家族使命的诗人的名字肃然起敬。

让我感动的是，大我两岁的他不仅主动给我当导游，请我吃夜宵，而且在出行过程中处处关照我。

但最让我感动的还是他的作品。

从文学意义上来说，读林大邻的作品，其实就是服从了美的相遇，并接受了爱的洗礼。

我常常对身边的诗人朋友讲，读别人的作品，首先应该静下心来，进入一种尊重的、坦诚的状态，自觉进入作者所营造的意境之中，然后才能有所感，有所悟，有所幸福，有所疼痛。

在林大邻的作品里，首先我们邂逅的是一种字里行间所自然渗透出来的纯净的美——大自然鬼斧神工的美，人性张扬奔放的美，灵魂高贵包浆的美，梦想瑰丽遥远的美，回忆温馨悠远的美，思念幸福芳香的美……

…………

还是家乡月光姣好/东山峻峭，月亮初上/气息如兰，登顶时那份妩媚……

——《望乡》

…………

下笔最好轻点，两条河相遇/暗流涌入肺腑，仿效白日阳光吧/抱住山河，感受地慢起伏……

——《水墨乡村》

没有挥霍语言，也没有刻意铺展，家乡那种自然美就已经跃然纸上。

…………

夜莺可以深情赞美午夜/我不可以，只能在纸上引发一场大水……

——《陌生人》

人性张扬之美，如此夸张，而又任性。

…………

好像此刻，一艘寺庙般的邮轮/向我走近，一阵风来/响起醒世的诵经声/我双手合十，等候观音菩萨驾临……

——《澄明》

光阴无声，灵魂美得高贵，而纯净。

那年，我往天空吹泡泡/吹几枚落日/更多的被吹成星光//如果你见到山坡上/手持麦秆，把天吹大的人/请你带回我身边/我多年没见到他的模样/还有被他吹远的村庄

——《吹泡泡》

在通往梦想的明晰的路上，诗人那么自由，奔放，神采飞扬……

…………

大哥折一枝竹子，吹响山水清音/起伏和折转远比水乡二月明亮//小妹裁一山春韵，写意水乡柔软/半窗云影跑入油菜花画框//我只能在他们入眠，借几许星辉/几瓣灯光，率领些许文字的/兵丁，攻占古镇城墙……

——《我来自江南》

回忆弥漫着馨香，令人感动和神往。

…………

仿佛祖母点盏青灯，那撑开的灯韵/覆盖牛羊细嚼的黄昏//望见母亲照一面铜镜/树梢捻雪，深耕皱纹触目痛心……

——《中秋月》

思念之美，美得令人心痛。

有了美的自然介入和引导，我们便身不由己地被林大邻质朴、深情、深刻的文笔所展示的生活、人生所感染、感动。

每一个人的人生都值得尊重。

特别是像我们这些从贫穷乡村和贫困生活走出来的孩子，骨子里已经过早地植入了对生命的敬畏和虔诚，而这种倔强的坚持和对美好未来不懈地追求，已经让我们成功地改写了灰色的人生。

……夜生的母亲爱熬夜，数多了星星/就流泪，常从衣袖掏出一汪└泉水……

——《夜生∧》

简短的几笔，就勾勒出了母亲的淳朴、善良、勤劳和辛苦，怎能不让人感动？

…………

他是悬崖孤┗小树/没有故乡的云丝，以小麋鹿的忧伤/站起一顶小峰峦，危立天边//以禅坐方式，为我们诵读李白/声音稚薇，把黄河水和天门中断/接引到桃花潭，中古文字韵香/在他流泉的音域里，幻如春雨走过稻浪……

——《一个男孩在南台寺寄养》

禅意深邃，诗意流淌，让每一个进入这个情景中的读者，都有幸沐浴到神圣的佛光……

…………

光阴在它梦幻里收拢、派发/它似乎忘了故土和远走的爹娘/不像我，时常怀着无以言状的忧伤……

——《在赛旦木湖（组诗）》

…………

就让无形之彐牵引/倾听雪山高原肺腑声音/我更愿意困在大提琴陷阱里/寻找我今生苦难那一部分……

——《致降央卓玛》

……感谢生活，给了我们丰富的经历。

当然，我只是信手在他的作品中摘录一些句子。其实，林大邻的好作品不胜枚举。静下心来，细细品读林大邻饱蘸深情厚谊的文字，不论是在讲述别人的故事，还是身处故事现场，我们都能心悦诚服地接受感动，接受幸福，接受忧伤。

这就是诗人的功力，这就是诗歌的力量。

在春天里拜读林大邻兄的文字，是一件很开心的事情；随手写下一些感想，是一件很惬意的事情。

遥祝林兄快乐安康，不断写出更多更好的作品！

2019年4月6日于河北唐山

注：作者为中国诗歌学会理事。

目　录
CONTENTS

给你寄去一场雨

目　录
CONTENTS

目　　录
CONTENTS

目 录

CONTENTS

水流走的，清风正在送来

目　录
CONTENTS

目　　录
CONTENTS

目 录
CONTENTS

目　录
CONTENTS

目　录

CONTENTS

路过一个叫尘世的地方

目　录
CONTENTS

目　　录
CONTENTS

给你寄去一场雨

朦胧月色只属于少女

朦胧的月
朦胧夜色又渗入浓墨一滴
窗玻璃把今夜，裁剪成方格山水

雾来了，夜添加一袭外披
雨来了，叩响我家门扉
你还不来，雨的心跳越来越急

想用手心为你擦去竖雨
擦开一条揪心路来
你终于走进画里，满天空竖排文字
击中你，满身都是诗句
我飞身出门，脚步弄湿盛唐山水

西厢那边，有人对我心生爱恋

误入秋天，有风与我缠绵

扯我衣裳，直扑我脸

起初有点凉，带着温润与芬芳

一棵金桂，拂动水袖

满树花朵不堪重负，压弯天空屋檐

一股脑儿吐出四季的

阳光、白云、明月和清风

我身陷秋天包围

野径除了我，别无他人

就这么简单，桂树成了我的初恋

它等了我这么多年，今日相遇

用暗香设伏，一口气击穿我今生前世

乃至下辈子的心跳

它逼得我走投无路，只能乖乖就范

初 恋

用小鸟带来的整个天空

用晚风牵来的明月

用我撕开的午夜，爱你

如果我是原野，你的羊群能否

亲吻我草尖上的星光

如果我是稻日，你的扶犁能否

打开我春天笫一扇窗

天空密布我的浓云

你能不能给我一挂闪电

把一场盛产忌念的雨季击穿

夜　晚

夜黑了我一宿
我的心事没被你的月光击穿

其实我并不孤独
有夜晚与我在一起
不时听见星光的心跳

情 人 节

如果没有情人节
二月不会这么魂不守舍
她会独守深闺，编织落日的绣球

桃枝守在栏杆外，乱了方寸
不小心说出全部心思
鸭子耐不住寂寞，弄皱一江春水
我像春水含情脉脉
找不到半个旧人

你在更远的北方

你在远方的草原，南方的月亮空照一晚
你在赛里木湖畔，我的池塘眨了半天波澜
你没去雪山，雪山太过孤寂和苍凉
你没到呼伦贝尔
风打在我脸上，带着呼伦贝尔的忧伤

午　夜

这午夜，与图书馆退去潮水有关

与书桌间那条静水河有关

与书页升起白帆，又不想靠岸

眼神发出某种信号有关

与日月同时隐去有关

与曲径通幽的小路和玉兰树有关

与一只蝙蝠滑翔黑夜

两只燕子呢喃，一地青草跪下又起身有关

古 井

装不下一个人，却容得下一轮满月
这样对我是否挑剔了点
一颗流星，拉直我今生闪电
省略了前世雷声
夜被剪辑得这么美，我决定穿进剧本
与你共入剧情

与你对望，潜望镜窥探我的内心
我七上八下，你也乱了芳心，拥过你
我情愿坠入你的陷阱

种　桑

屋前种桑，我只当它是风之波浪
月光之船，你却把它当作高山与草原

我只管高山生长，你掌管草原的搬迁
吃多了草原的绵软和月光
蚕吐出日月的芒，把自己网进闺房

你读懂其中之妙，悄悄织就另一张网
千丝万缕，蚕茧一般网住我
让我心动，又心烦
你依旧吐丝，鱼尾纹加深，白发丝暗长

忽一日，我有了灵光，置八尺丝帛
三身绸缎，将你捆缚成茧
我的桑树完胜了你丝织的时光

忍住你的呼喊

忍住你急切的电话呼喊
我交出半辈子的心跳

那天夜晚，你守在我家房前
我没有交出那一扇窗
我是忍住了，你的月光掉入池塘

晕

总觉得你捡上红晕，是天边飞渡的
流云，我不幸被你击中
突突跳的日子，隐入汹涌午夜

一夜潮水，我登陆拂晓岸地
打开夜莺传音，一句句赞美诗
展开黎明，如此美景
适合为你插一篮子花卉
山峰举起花蕾，江河系上飘带
装点人间醉人的美丽

你醒来，朝霞牵着山水，山水牵着
你的红晕，面对这一篮子诗情
你屏气，凝神、思考半世纪之久
终于拍掉我肩上星辰
两颗饱满的汩，溢出你的岁月

你流泪，花瓣展开红晕，露珠翻滚
我泪流，想为你披一串滚烫的珍珠

八月十五，月上柳梢头

预感从前几天开始
亲爱的，想你不如见你
我日夜兼程，重回初恋故地

亲爱的，今夜不必腼腆
抹去惆云怅雨，想来就来
记住那暗语，一抹清风一声惊鹊

亲爱的，你来，顾盼生辉
在这天台和旷野
这么明火执仗说爱你，还是第一回

来，再满上一杯
杯中有你的明眸，含在口里
满腹清辉，就算今生就此谢幕

我做仰望你的湖水
你做我的女神，布施清辉

你我之间缠着千丝万缕
柔软、润泽、沁入心扉

豆 腐 房

在磨坊，她是女神
石磨一转，渗出月色和晨曦

三天两头往豆腐房钻，看着她
转了一天又一天，忘了岁月

感谢上帝让我与她转动日月
添加的爱，磨成琼浆
汩汩而出，散发出大豆清香

那一天，我们一起成为秋大豆
心甘情愿被碾，发出破碎的尖叫

水中读你，更美

以一座山追赶一座山的方式
追你，还是落在你身后
喊一声你的名字
回到你从前的七月和村庄

你在岸边读岁月
我在水中读你
读到两颗星言近，还没发觉
突然发现你我今生
隔着星星之间那一个指位

晨　起

早晨这么美，我必须拥有一些

晨晖，拥有山峰递来的花蕾

我必须再次拥抱你，然后打开窗外

景色，把一篮子花卉赠予你

昨夜一席话

你我拥有了前世的清辉

又拥有今生花香鸟语

岁月如此静美，我对你充满感激

你却对着一篮花卉落泪

那个午后

你我又在十字街头邂逅，我挽着你走
你偏要走我身后
一对男女踩着探戈
带来一阵凉风，带走一个秋

就这么安详地走，犹如太空漫步
都担心走快，被夜淹没
我说再送几步，你说当年为何不懂探戈

棋　友

点燃两国战火，沿路尽是兵马

楚河不深，刚好掩住我的心跳

我试着河边遛马，她在城头祭出炮火

兵卒边境厮磨，始终没敢动刀

我横枪跃马，越过一个日字

她柳眉一竖，大象堵死去路

这样多好，有时我大汗淋漓

有时她气喘如兰，双方将帅闲游

不到前线犒劳，趁主帅为胶着烦恼

我与她相视一笑，握手言和

明天边境战火还会燃烧

烧到我们白头偕老

借 据

说不出爱，就说借吧
借你梦一般的清纯和笑靥
借柜逢和酒

不说多余的话
嘴唇摁住嘴唇
一个吻，借走你的一生

抑扬顿挫的一支笔，立字为证
落款之后，败下阵的我
知道穷其一生，无可抵债

着　陆

有幸着陆你的江南

触地一声震撼，突然想起我

还没做好应急预案

月光一寸一寸点赞水乡

攥住山河吧，那起伏的山脉

那七月流水的光鲜

祈求星球静止

让我坠落地面，重返人间

告诉你，我每次提速，不为飞翔

只为一声碰撞，一抹灵光

出　海

举目无亲才是海
你说
这个午后，我们一起出海

你我告别了岸
沿一条长海堤，走向遥远

风大起来，把我们当桅杆上的帆

大海上牵手是真的
我们十指相扣心心相连

星星，是天上的
你我，是人间的，星星不想回家
我们也愿意一起把世界照亮

邮　箱

给心添加一个邮箱，期盼收到
一份清凉，五月，你寄来一场雨
八月，你捎来一季花香
后来，你又上传霜降和小雪
附上照片，你的笑意
点燃一炉生炭，今生相遇
正好围炉取暖

收到邮件，我心尖自动回复
晚风夕阳，荷塘每次感动
都是我憋不住的气象

在 丽 江（组诗）

1

在丽江，爱是易燃品

只需火柴头的爱意擦过天幕

足以把黄昏烧为灰，你懂得对着门环

举起的手又放下，怕一戳它脑门

半个月亮跳起来，无法承受神性之美

你懂得轻声说话，怕耽误了

泸沽湖入睡；一滩鸥鹭又起飞

2

一阵风追着一阵风，一朵云

挽着一朵云；美悬在高处

一种彻骨的蓝，如昭君出塞

有多少泪水，就有多少湖泊嵌在这里

惊心动魄之美

一个穿晚霞的妹子

跳起舞来，她的美

属于闪电和日落，粘住马帮和云彩

勾起我前世的闲愁与伤悲

3

无论脚下的路怎么游走

都会绕进青石板小巷，成为丽江的

一条腰带，当它走出丽江

又被一座山吊起当云梯

一行大雁缓缓而来，茶马古道

斜挂云端，马帮是被吹起的云

我是其中一缕云丝

举手之间我采下一朵芍药

献给我的初恋，那秀发披肩的云影

像丽江妹子，接受了我的赞美

4

在丽江，青石板小巷

一场离别晨雾

妹子说要给我寄来一场雨——

"如果响雷，那是我的思念八百里加急

如果闪电，那是妹子用心想你

总有一些发丝变白"

5

像溯江而上的鱼，迁徙的鸟

以丽江为砚，用生命颜色

把峡谷河流雪山涂写一遍又一遍

多想戒掉对你的思念

与自己达不成谅解

一想起你，耳朵听见雪花呼喊

爱与被爱

像阳光与时光的对话，地老天荒

6

我终于读懂丽江妹子的衣饰

为何清一色"披星戴月"

上面绣着不可逾越的天河

两岸有苦命的牛郎织女默默相守

从此世间多出千里迢迢与脉脉含情的词条

请允许我在一个清净夜晚

向天而歌，擦过寒夜的流星啊

一头是马帮，一头是丽江

乐谱线上走着世间最动人的音符

两颗露珠相约荷叶，总会有一声碰撞

发出刻骨铭心的呼喊

7

今夜，叠加的脚印，加厚了

玉龙雪山，我一去经年

挥霍了王母娘娘恻隐之心

我带着天空和云彩而来

不管苍穹的谜底谜面，山川万物隐去

马帮汉子箭一样飞来

挑一担星光，不听鹊语，直奔丽江

借你一生共度苦难

春日远足，跟着青青草尖走到天上
天边的你不用叩门，敞开心房
我们抱紧某一时光
我的天空坍塌，你的领地沦陷

你的小嘴当笛孔
吹出高山流水，吹出兰桂飘香
音符长出翅膀、长出倦鸟回飞
长出巢居二十五个春秋

仿效大山，借云的衣裳树的波浪
掩藏一身陡峭，借山路弯弯
结绳记录半辈子踌躇不前
借你一生共度苦难

你是我一生的借用，我是你一生的偿还
你眼神一闪，就有闪电银袍加身
执手相望，搭一扇人间屋檐

你是我已近天年的松柏

我是掀起松涛的风

一拨一拨，把前世拖欠偿还

芦 柑

先读它的绿，再欣赏它的黄
绿总是把黄背在身上

这饱满的黄，多像初生的崽
青天之下，大地之上
丰盈、喜悦
期待交出一轮耷拉的夕阳

云雾山村

我怎么喜欢你，你像一顶蚊帐
常年把我罩在云雾山间
比四月多愁善感，雾中雨丝淌过脸庞
仿佛母亲泪水砸在我心尖

直到远离家门，每次我往回赶
远望一山云雾
看到故乡忧郁的一部分
如果我是一座山
它就是母亲怀抱的一部分
如果我是一道河
它就是我生命源头的一部分

望 乡

他乡望月，反有点高夜有点寒

还是家乡月光姣好

东山峻峭，月亮初上

气息如兰，登顶时那分妩媚

透出前世的光，童年我所读过的书

或衰老破损，或射幕人间

唯独月亮，还荡漾着秋水的光

之后，每年我回到家乡

让乡亲们知道我还活在世上

雨后海南

好一顿抽丝剥茧，头顶消失了压迫感
海南亮起来
夕照擦亮了万顷海洋

无边的视野
引发淡淡的忧伤

海岸线在潮水中再三陷落
面对起伏的天涯石
我比任何时候更想家乡

月牙不上来

两颗星闲聊，天空慢下来
犹如荡着扁舟的大海

乡村很慢，鸡入窝狗汪汪
炊烟书写出一款款草书

月牙不上来，是路上堵
还是被卡在东山的枝头

我的水壶想了一个黄昏
还是不想开，我的茶叶掖着暗香
等待一次难熬的相会

吹 泡 泡

那年，我往天空吹泡泡
吹几枚落日
更多的被吹成星光

如果你见到山坡上
手持麦秆，把天吹大的人
请带回我身边
我多年没见到他的模样
还有被他吹远的村庄

云 水 谣

天地宽阔
风牵着一朵云远游
走快了，会有阳光的针
把它别在村落
流水绕过家前屋后
道别家乡，三步一回头

水往低处走，无法再低时
涌动一汪乡愁

中 秋 月

仿佛祖母点盏青灯，那撑开的灯晕
覆盖牛羊细嚼的黄昏

望见母亲照一面铜镜
树梢捻雪，深耕皱纹一目痛心

月牙长相的女儿，抱起不相称的月琴
一曲天净沙，碎步走过人家屋顶

一本线装书，刻有先祖小篆字痕
影出先辈南迁北漂雁阵

今夜，我不嘘声
普天下鸟兽默不作声
深情写首小令，发给远方的他们

暮色乡村

万物正在归栏，鹰打转
夕阳把调色盘移至西厢
唯独暮色还在踌躇，不愿离去

它仿佛落下什么，山麓半明半暗
余晖阔步跑入村庄
鸡打鸣，狗汪汪，炊烟拎着细软
私奔晚风，河水软化了大山
化为一摊影子，闭上夜的眼睑

我舍不得入座，怕一欠身与艳遇擦肩
屏息、仰望、享受世间美色流淌

最后一缕余晖，聚光
几个老农，依旧在砚台般的田野
研磨山水，犹如雕塑
也许是暮色正想找回的古玩

回　乡

取沿海通道回乡

心底多出一份清凉

海天好看，水声响

误入山水画卷

好在天空为我留白

白鹭捎一封隶体家书

在云之南

云彩发一帧动感微信

在水中央

雨后乡村

抽空了云间蚕丝，天地放晴

那一树鸟鸣，一山虹影

余晖亮出刀锋，农舍炊烟升腾

满街路人捡起风景

挽手走入一幅苏绣

最兴奋的是高层楼宇

手持望远镜，想一眼望穿五月南方

积水带着雨季深情，让挖掘机

单手撑地，不再深挖故乡肺腑里

浓浓的乡情

水墨乡村

最好有一缕炊烟，吊起东方月亮
月光莲步江南，村庄寂静
听得见花开水响

最好有一拱石桥，桥洞如镜
照见她的今生，旗袍半遮的花蕾
将开未开，欲语还休

水乡正酝酿着一幅水墨图
两条鱼在夜色里走，走笔很慢
隐入荷塘某一角落

下笔最好轻点，两条河相遇
暗流涌入肺腑，仿效白日阳光吧
抱住山河，感受地幔起伏

泼墨最好顺点，免得沾湿荷花浅色
模仿湖水，掰住天空

虚位以待天上来的黄河水

在江南宣纸落款，与一汪水乡
作别，题一首诗
拒绝狂草，入木三分的小篆即可

大 山 辞

退去夜之潮水，大山把丰乳裸露给
山村，朝阳将山峰
描成赭红色的乳头呈给我们

一山梯田苏醒，摆弄一面面棱镜
下半身依然被云雾幽禁
布谷鸟啼声清脆，像深潭坠落几颗星

这么早，就有人弹拨山路琴弦
线装版的清晨，钩月来不及隐入幕后

我参拜山神，求一山鼎盛
梯田盛满清晨光阴，一位插秧老人
活像一只蜗牛缓慢爬行

桃　花

桃花给乡里人三千妩媚念想

一垄未播的水田

当初放与怒放的桃花

挽手走入水中央

天地失色

乡村清晨无比绚烂

谷雨速写

春牛走下年历，打开田野第一扇窗
新翻泥土，耳朵竖起
听横风竖雨，泼绿三月原野

村庄里能动的符号，都在宣纸上集结
洗笔磨墨描摹，忙过弄风柳丝
心情宽过原野，燕子一个穿梭
掠过落款和飞白

弯月上弦，收割天上豆麦
星辰贪杯，仰卧稻田里烂醉
蛙声如雷，赶在星夜交配
比星星多出来的
是游来游去的崽

秋意立在西厢

秋意立在西厢，夕阳像一粒佛珠

坠落老屋屋檐，弹向土墙

滚落泥石路，我抱紧那一粒童年阳光

等晚归的娘带回半弯月亮

我喜欢她把秋天无限拉长的模样

水葫芦多胞胎诞生在今晚

晨露在她手尖靠岸，锅里放着我的午饭

蒸汽慢腾腾说着母亲的挂念

以一弯银镰，和秋天的百草对话

扁担挑起山之起伏和岁月波浪

前脚跨进门槛

鸡鸭鹅羊把她围在秋天正中央

黄昏如时而来，母亲凝成一尊雕像

秋　日

我擦窗玻璃
你扛起拖把，要为早起阳光洗脸

看见我与镜里的你打哈哈
你扑腾小小翅膀
我把飞来的小鸟举上蓝天

两岁不到的小男孩
与阳光一起扑到我身上
世界一下子慈祥起来
笑声像突然吹到故乡的秋风
让一地麦苗
有了一条柔软的走向

母亲辞别亲人去远方

忙完秋收，日子饱满

母亲辞别亲人去远方

留一地鸡啼，留一畦豆荚花怒放

留一个半大不小的孩儿

你这一去，我这断线风筝

怎么回返，这发烫的回家路怎么降温

天地这么大，尘世那么狂

还有哪个怀抱能让我崩溃

还有哪一声儿啊能让我

千里飞奔

人在他乡路上

心早就驭着月光飞到你床前

铁　砧

这样单薄的身躯，这样纤瘦的身骨
承载着中国乡村的重量
把日子安放到这一高度，抡起一枚太阳
让不起眼的疙瘩，瞬时绽放
夕阳着陆降落月牙潭，发出丰收的呼喊

磨亮这一弯月的
依然是瘦过铁砧的父亲
秋之田野稻麦归仓
几颗稀疏的星，溢出我的眼眶

吆　喝

想起父亲
就想起他那声吆喝

父亲的吆喝恰到好处
喊深了，怕把乡村碰痛
喊浅了，一不小心让山风吹走
声音如此清澈，必然来自大山之肺

只是喊山，山峰越喊越汹涌
喊路，山路越喊越崎岖
大山人家过得和风细雨
吵吵嚷嚷就怕父亲一声雷

母亲谢世，父亲没落泪
但在百日祭，我意外看到
角落里，他孤身一人
喊着母亲小名，声音撕心裂肺

日 光

午后的一缕阳光
沿着家的方向
走进我窗

我一直盯着日光看
终于认出
母亲满头白发的模样

给母亲的念想浇水

给老家的佛掌瓜浇水
给天上的母亲送一份快递

让她在万物生长的初夏不再孤栖
用不了多久，藤蔓爬满庭院
搭出凉棚，开一朵花
点燃一把火，下一个佛掌崽
点亮一盏灯，让她夏季不闷
冬季不冷，所以我不能轻易离开
还要浇她早生的白发
深耕皱纹，浇她地下漫长的春秋
我要把葫芦瓜种成日月
种出你的念想和梦境
让它的绿意荫过今生荫过世界

秋　凉

秋风起，菊花把凉意写满山坡

蜗牛背负行装上路

独自去讨生活，拖着身底下一条泪河

风带走老屋最后一缕炊烟

新月如刚擦亮的火柴头

引燃万家灯火，不冷不热瞅着我

母亲走了，下半辈子，我成了孤儿

风一时半会儿不把我带走

让我厮守一院子暮色和寂寞

针　眼

我们的母亲看得清日月
看得清丈夫和儿子的眼却看不清针眼

而我，能读出蚂蚁眼中的晴朗
细数它搬动的五谷杂粮
我把山泉引入母亲的春天
透过针眼，穿过去是立夏小满
穿过来是秋凉，针尖一闪
引来母亲满头霜降

我们的母亲顺着一条叫夜晚的江
泛舟而上，将白鹭绣在云端
把闪电缝在她的发梢上
我更愿意她坐在我童年瓦房
一缕一缕，立出纱线，抽空我们的流年

夜 生 人

我的母亲是夜里生的，村庄也是夜里生的
露水与星光也是

夜生的母亲爱熬夜，数多了星星
就流泪，常从衣袖掏出一汪山泉水

她依旧在河边捣着余晖，河水半黑半白
她挽起的腿脚，亮过钥匙的刃白

月牙提灯，开启夜的门扉，家里还有
不想开的一壶水，嗷嗷待哺的一个小孩

一双鞋子的悼词

穿过二月雪，踏过桃花坞
磨快了一串犹疑的日子
春天就来了

拉直了山间小路，烫平了岁月陡峭
在稻浪的烟波上漂流
秋天就熟了

一前一后，一左一右，像极了
我山里一对父母

四 月 书

四月

天河之水纷纷降落人间

清明花独唱，我以胚芽姿势

跪拜泥土中的种子和爹娘

星辰滑过我的脸，雨是竖排的诗意盛唐

河水是起伏的大宋词章

风咽着元小令唱腔，从尘世回到天上

我们的祖母

我们的祖母把苦日子带一半到人间
带一半到天上，眼光眨闪，笑意盎然

曾经与羸弱的故乡一起挑起
养育重担，曾经与捻雪的峰峦
溢出清泉，滋润贫瘠两岸
传送与下一代隐忍的多愁善感

很多时候，春天比冬天还寒
要把春天连戍一片
需要纳好爷爷和父亲鞋底
让他们拉直山路，烫平陡峭
推开田野第一扇窗
直至暖意走遍东侧西厢
我们的祖母，独自扛起午夜的寒

我们的祖母，干瘪而柔软
像萱草一样迎接冷暖

顺应世态变幻，像忧郁的山间湖水

无论我们行多远

始终记住起飞时的波澜

水流走的，清风正在送来

面对大海，我颇有微词

神仙告诉我，海生长出人类
之后把我们赶往高处
让我们看清世界
访问异性身体，潮水起伏
天空忽高忽低
人类习惯了自己折磨自己

有时喊着号子，吞下天日
仰叹星空美眸
有时倒着走
想退回刀耕时代，当我们不存在
从不把我们放在眼里

陌 生 人

月光可以擦亮所有山水
爱情不可以，风可以击中我
撒腿就走，你不可以

夜莺可以深情赞美午夜
我不可以，只能在纸上引发一场大水

影子可以移动月亮步履
情感不可以，思想引领一群文字越狱
趁午夜掏空自己

拿捏一串念珠，拜山，问道
一夜过去，一年过去，一个朝代过去
夜行人啊，能叩开哪家门扉

喜欢这样的夜晚

星星随便踏入某个村庄

举头遇见让我心动的那一粒灿烂

万家灯火淹没了一座城

几束灯光怕被黑暗吞噬

潜入我心，借着这瓣光

我找到前世轻舟，没人拦住我

一米一米赞美山河

我随波自流，星辰逆水而上

有夜鸟叫我，我只当没有听见

已过秋天，我用光了爱

凑在一起的树叶，互相撑起天

已经与我做鸟兽散

河水一天瘦比一天，也蒸发了我

饱满的恨，只有你那一份旧情

几道伤痕，像秋水越拉越长

偶尔拐个弯，就不见了

山中岁月

清晨，阳光一遛
枝头的光阴落了一地
入夜，月牙妹子莲步轻移
袅娜水袖一挥
一半是山水，一半是清辉

山中的夜黑和日白，像对子
贴在大山门楣
高处的羊群和云彩，像排比
起伏在人间岁月

燕子飞过谷雨的屋檐

一只燕子飞出屋檐，不久折返
两只燕子呢喃，修剪参差山风

三只燕子亮翅，剪开夜，剪开田野
日未起，父老乡亲走出村庄
走入田畴的连环画里

我来自江南

我来自江南，不如门前垂柳

每天晨起为君临的江南

俯身、作揖、跪安

也不如翠鸟

撕心叫唤、一浪高过一浪

醒转百姓家万亩农田

大哥折一枝竹子，吹响山水清音

起伏和折转远比水乡二月明亮

小妹裁一山春韵，写意水乡柔软

半窗云影跑入油菜花画框

我只能在他们入眠时，借几许星辉

几瓣灯光，率领些许文字的

兵丁，攻占古镇城墙

江南润滑柔软，兵丁摔下大半

骨感的汉字对我说

如此统兵，你太过寒酸

碎 片

过日子就像对着镜子换装
好日子清风流淌，坏日子雾锁门窗
此刻，镜子落地
日子一声惊叫，手心触电
眉毛飞起来，贴在天上

老年人码起碎片，捡一地碎银
年轻人说这日子没法过
破镜怎能重圆
小朋友定性，续写他的飞行兜圈

只有诗人俯身，用他禅心
重整河山，满天星光摆在手心
弥合伤痕，明月初升
先照亮自己，再把世人照亮

叩　首

以胚芽的方式，向小土丘叩首
泥土中有孕育我的种子
我下跪，用一袖清风，一箪食
一把纸火，祈求宽恕我
今生无法偿还债务，以致压低通词

河水一步一回头，向大地行注目礼
它的远逝和我的宁静
交融于某个夜晚某瓣灯光
笔尖下的方格，虽然我驰骋到午夜
至今我颗粒无收

向拒绝放纵的房门叩首
向拒绝了热意的电话叩首
还必须向爱忒疼我
未能见上最后一面的舅父叩首
尽管那只是遥拜，只是顿足

时光是海面上越冲越起劲的礁石
潮起，它俯首，潮落，它平身
它就是我，亏欠这世上太多

心灯忽灭

万家灯火潮落，朦胧的灯亮起
遇见我梦中走来的可人

念旧的夜赠我几句好诗
晨起，我满地搜寻
骂死了私通晨风的窗门

肺腑里定然亮着一盏灯
寻觅清风鸟鸣，仰望星光高峰
清洗人间苦楚和郁闷

今夜，路遇一双颤巍巍的手
我没有亮灯，没能给出一点体温

桃花在开

桃花在开，雪花隐退
薄下来的冰面带着青花瓷的美

一村子桃花、一百亩桃花
一千里桃花，点亮我的村庄和视野

这么多巾帼集结，这么多粉拳袭来
会把山村捶成粉筛

听桃花喋喋不休，我禁不住冲出门外
撞倒了刚学步的二月

水 蜜 桃

吃水蜜桃，必须用刀

小心翼翼，剥开二月春风

分离三月微笑

如果大口咬，里面的心

会喊疼，那些依山傍水的

阳光白云，会烂在岁月里

女 人 花

天空如洗，云丝不敢出门
三角梅花情不自禁地开

一些花还在做梦，一些花相约出门
一些花半掩柴扉，一些花落落大方
太阳已三次敲响钟声

一些花醉酒，一些花暗地流泪
花枝压弯了远方
一朵花谢幕，挥手告别今生

它们顾影自怜锁住沸腾内心
本想张开怀抱拥抱它们
一走近，却只能送去慰问与安宁

在我寄居的世界

在我寄居的世界
有两个房间
一间是白天，一间是夜晚

白天我读各路神仙
夜晚我喊魂回到史前

我走错房间
贪恋一个叫诗的妹子
所以丢了魂，经常失眠

老屋有瓦岗寨壁画幸存下来

请出秦琼的马
给它最鲜嫩的青草
会不会认出，我是瓦岗人的后代

请出瓦岗大哥魏徵
给他大过瓦岗寨的朝野
问他每天是否愿意接受死亡之美
犯颜直谏，把击痛君心的言语说下去

请出淌入心怀的红枫
移植家门前，会不会浇灌了秋水
恢复前朝记忆，再加历代百姓赞美
长出红红火火的日子来

清 辉

某日散步，不小心误入深秋
路边小草，仰起头
举起大过腰身的浆果
它要把比露水重的清辉
砸向这个世界，击中我的肺腑

夏日荷塘

进入盛夏，她总爱捧着一本书
静静地看，默默地读
偶尔蜻蜓飞来，在页上细细地写
写满一页再写下一页
荷塘写满了盛唐的诗

一束月光在海口巷子里徘徊

这么晚了，孑然一身

还在等谁，不如走进书生窗子里

让他一夜未睡，激动不已

他乡相遇，司衾而卧，说几句暖心的话语

十一月的海口，秋意丝毫不想退去

路人会不会踩疼它的脚

单身汉撕开午夜，会不会把它带走

如今街上的人，有谁愿意

当众诵读苏轼的明月

今夜月光，是西窗点烛

还是指点人间出路

我举头望月，被许多外地来的云彩遮住

从草原来的人说，必须听听天涯的潮水

隐隐听到，云游的穹庐下
我们的祖先从梦中醒来
他们点燃篝火，击鼓邀月

不必担心月亮沉湎于远古
青草摇曳，风声轧出柔软道路
午夜的嘶鸣，是狼首与先祖远古对话
似一把长戟，挑起东方明月
有了狼嚎，有了钩月
先祖不再孤寂，找到回家路

一朵玫瑰的忧伤

一朵玫瑰起身向姑娘致意
姑娘不解花语，或假装没看见
满怀兴奋的花香
掉落地上，一部分已随风走远

失落的玫瑰闭门谢客，每夜
打开那本叫窗的经典
读线装的月光，读织女星身边
众多仙女，月亮西沉
仙女们提着灯盏移步池塘
闻得荷花前世清香
妹子们商定今世好生相伴

一位近楼台妹子，被书香击中
那香气，犹如秦时明月
初唐晚风，掀起满湖波光
逼退今生所有哀怨
妹子悄然离岸，顺着最后一缕月光

登陆玫瑰的飘窗

从此，书生有事无事，总爱倚窗翘望

请为我留一块雪地

请给我留一块雪地，一小片
透白的纸，一封冒着热气的家书

这里是戴云山
我与它同一个村落
写到这山名字，心里咯噔一下
想起山巅那片积雪
它像生养在山上的一个孩子
山麓之雪悄悄融化
继而有了大江之水滔滔东去

这让我想起母亲
父亲过世，她拉扯一家大小孩子
原本七个姐弟
最后仅三个存世

薄薄一块雪地，实在
难以抵御一阵风来，更难以

形成大雪封山的气候
母亲硬是挺起山一样的
身子，把一片薄雪举过头顶

这些年，每有凉风摸过我脸
我的心就九十九次紧揪
之后戴云日出，涌入心头那片雪地
喉头一热，山涧水悄悄滑落

又一批瓜果吹着口哨入城

一批瓜果吹着口哨入城
稻穗低头想着心事
沿途木薯，踮高脚跟翘望

早些时候，南瓜、佛手瓜爬上乡村高处
为进城学会了走钢丝
一个回家的妹子，会领着大批的春兰、秋菊、
芍药、芙蓉、蜡梅，连同田野里
起伏的稻麦，向着城里涌去

我的父亲皱纹深耕，眉梢捻雪
眼神清如山泉，细数谷雨、霜降、小雪
他爱节气里的韵律，绝不与我入城

谁为我递来一瓢清凉

七月，蜘蛛为我搭起凉棚
蝴蝶执扇，蜻蜓装卸着往日清凉

盼望云的翅膀抖落一场雨
想法太美总是泡汤
那好，我干脆一个人
退回史前冰川

我的窈窕淑女从《诗经》的上游而来，轻轻荡开
莲叶，把甲骨文写在水面
画面中似乎还可以添加一行归雁

此时，蝉鸣由远及近
把一瓢清凉浇注在我头上
风真的来了，雨随身后
且慢，有一朵莲花已在心头开放

向荒漠里两棵青草致敬

一棵草疾风中奔走
成为另一棵草远逝的河流

另一棵草踮高脚跟
成为这棵草日头的风景

我的到来，正好见证它们地老天荒

一棵草，牵着云中奔马
依依不舍，不忍离去

另一棵草，采撷一夜露水
和鸟鸣，捎去一掬碎银和草原的歌

只不过横一条野径，如隔三生

天，被两棵青草横空一等
才那么蓝，那么青

世间，被两叶草青揪心一隔
才这许多秋水和凄美

深耕大海的人

深耕大海的人，是打捞月光的人
也是第一拨被晨曦找到的人

犁开午夜，撒下星光，覆水为土
流星跑出画面，拉直秋天路程

深耕大海，必须背对家门方向
忘了地平线几许炊烟
走出午夜母亲再次挑亮的眼光

远方，梦境悄悄逼近一村子熟睡者
恋人们焊接着前世的遇见
不久，太阳登陆岸地
岛礁犹如秧船，莲动云水间

日夜之爱从未停息

夜悄悄逼近黄昏，猫步走成一只花豹
昼缓缓破壳云浪，流淌麋鹿一身斑斓

夜与昼互相进入对方腹地
交接处绣球落地，霞落西厢
完事，亮闪弯月美眸，星辰回避
昼停泊夜的臂弯，入梦、酣醉、花开

不久，昼返身而来，群鹿涌过山岳
夜撤退，日出江花，红蟹出锅
又一出戏曲上演，美人的水袖长过大地
才子的命运瘦如秋水

夜间犬吠，一顿挫一粒珠子落地
夜末鸡啼，一扬抑一抹匕首清辉
有人夜里赶来，有人夜里奔去
长亭别，自古怀着大伤悲

澄　明

山有山色，水有水声

天之穹庐萌生草青

辽阔水域有白云擦拭

多了一分明净

我心底也多出一分澄明

好像此刻，一艘寺庙般的邮轮

向我靠近，一阵风来

响起醒世的诵经声

我双手合十，等候观音菩萨驾临

南海情怀

不到南海，不知什么叫海
它一头牵着晨曦，一头牵着星辰
潮水远古而来，喊着号子
向未知岁月狂奔

夕照走笔很慢，蘸一抹端砚墨水
海面凝神、寂静、默不作声
白鹭把岛礁拉到云端
每座岛礁都是一个灵感生成
深情填一首小令

炊烟升起，吊起东方明月
一座岛屿便是一粒棋子
下一盘星罗棋布的棋，地老天荒

深耕南海

这么广阔的稻田，这么多船只来往
像扶犁，卷起悠悠岁月
像秧船，莲动水中天
春天已完成对南海的合围
只等待某声鸟鸣集结号吹响

水稻尚未长成，古典主义的炊烟
突围庄严的蓝，在五月的背景墙上
举起手臂，宣誓它的存在

田间小憩，与虚空对望
稀释逼人的阳光，将惆怅寄予流云
车马劳顿和冥顽一时软化随风

我来自江南，浅酌三杯水乡辄醉
饮一夜南海，何止千杯
之前，我只是在地图深巷里

闻到酒香，今夜我独自喝一壶

醇正的满月

我举杯痛饮，不醉不归

月光路过三沙

海水自远古而来，喊着号子
水中的月亮
分了又合，合了又分
圆如娃娃脸，碎如山菊花

有些花儿，是碎开的宋瓷
沉在时光里，抓出我记忆之外的
富庶与繁华

其实三沙的月亮，与家乡一样的大
三沙的沙与我桃溪的沙
也是一样的沙，只不过三沙
把热切体温传递给月牙

有了温度，海面开出浪花
绣在蓝色丝绸上，让我不经意间
走入一幅苏绣

月光，真美

三沙，好美

我愿意被三沙月光之水劫持

途经海口

飞机停落海口，行云还在空中飘游
忽然觉得我是一朵云，被贬儋州

海边行走，海岸线多次陷落
楼房比苏学士的峨冠
高出许多，在宦海沉浮

大宋在上朝退朝的宣号声里沉没
海南在潮起潮落中崛起

到山上看一株千年红豆杉

一直往天上走

会有长安浮云，汴梁的日落

在一棵树的河流里，对我款款诉说

蔽日树荫，深了江南

斜逸的树枝，构起绿色长篇

树大了什么鸟都有

它们不温不火，瞪紧来客

我从容纳多人的树洞里

找到一线天，内心逃逸一个出口

到底是它庇荫了村庄

还是受到整个村庄的呵护

夕照下一对情侣，悄悄话漫过流水

每次应答都是小令一首

我更在意它如何存世千年

一个汲水的小沙弥，从寺庙西厢走出

平静的眼神告诉我

尘世怎么过，它就怎么活

从红豆杉时空走出

它赠我兰花香，示我拈花指

我会继续爱着深秋

以及深陷秋色难于自拔的尘世

日落之前那一行大雁

一行大雁，不管风和日丽
风起云涌，都用一样的语速叙事
一如我心平气和的暮年

它们穿过云的针眼，缓缓走出
扑朔迷离的谜团，用天边的颜料
涂写高低俯仰的大山，借一山云雾
遮掩想回家的几只舟船

这南来北往天上之物，身上
好像背着酒壶，或是一个漏水的
淡水湖，每当我路过寒露和霜降
不忘把一行诗题写在天上
一声嘎鸣，我放下手中的秋天
想起命苦的昭君，那一路滴洒的
眼泪和辛酸
天地一时有了慈悲
感动的中国一直悬在北纬

但我知道，一个朝代的脸孔和尊严
就像落单的大雁，即使死在途中
不渝的心，也总想跃上云端
与西下的红日一个样

扫 尘

腊月二十六，年底扫尘
为历经磨难的老屋洗脸、净身

赶着潮水，我刷过老屋的沧海桑田
女儿是快乐小溪
绕过橱柜，淌过老房子每个村庄

母亲像祥云，擦拭屋檐下的天空
洗刷藤椅时，突然凝固成一尊石像

像考证一帧石刻，读出每条藤的经文
空气中恍惚父亲干咳声在流淌

我们都停了下来，仰望母亲脸上
高处而下的瀑布

往　日

兄弟姐妹坐在旧时光的房子里
借油灯羸弱肩膀，扛起冬夜的寒

夜张开褐色习翼，孵化蛋一样的
木房，生命在蠕动、浅睡
偶尔落入梦的深渊

鸡啼如尖喙，一个日子破壳而出
母亲的炊烟钓起太阳
父亲走上斜拦石径的寒山
日子突然陡了许多

一个人的德山

爱一座山，就相依为命，从《诗经》起

它的春暖，它的秋霜

它的借代，空谷递来的芬芳

一直让它隐忍寡言

一个人

用大半生的落叶和足印

加厚一座山，山上的风横着长

长出时光沧浪，掏出衣袍闪电放生山巅

幻出刀光，无边战端，生灵涂炭

忙收回衣袖，捂成落叶的禅

归隐山林和文字背后

光芒透过枝叶，筛出满地真知灼见

小如蚂蚁，扛着五谷杂粮，号子一喊，天空晴朗

小如露珠，牵着月亮太阳，隐去孤独惨淡

小如山雀，啃着冬天树皮，诵读经卷

守着江山老去

小如种子，走进泥土，跑出光芒

小如泉眼，长出时光的岸，无边的蓝

长出说不出名字的远方

收割的人

收割的人，埋身于我们的
油画中间，成为被漫卷的一部分

望断飞雁的人，隆起地平线一座山
年复一年、满头霜降

秋叶来到我们之间，我们进入
落叶中间，互相成为谎言的一部分

再怎么长，长不出秋天画框
秋风策马扬鬃扑面而来
天空远去，大地苍凉

秋之惆怅，在于频繁更替背景
田野金黄，天空瓦蓝
红枫掩埋童年五里瓦房
被秋色逼成这样，我如何收场

凤 表 姐

给凤表姐送年画，她说我
眼光深邃，我夸她从容住进画里
其实我们在赞美削笔刀削走的岁月
她不再是玉立莲花
我不再属风中白桦

细读，还能读出她眼神里
少年时白云依山一丝涟漪

木雕师傅

他的刻刀，在擦亮几枚星光之后

与弦月一样，悬在高处的锋芒

是极其危险的，随时生成一场风暴

当星星、雨滴纷纷落下，在一桩木头上

我发现他移情别恋的隐身之所

他请出醉酒贵妃，没想到西施昭君飞燕一起现身

面对众多美女

给她们请安、长跪，恳求其返回各自王朝

回到自己深宫去，也请木头各奔东西

因为恐惧，他备下一场漫天大雪

谢绝美女云集

师傅向窗外望去

雪花如木屑纷飞，每棵树都长出美人坯

他祈求女神原谅，别再络绎不绝

只求木头里长出一个女人——

作别二十年的亡妻，再为哑巴女儿

长出英俊后生，听他叫一声爸

窖藏一生的老泪，会让时光灰飞烟灭

甘 泉 寺

甘泉寺，旧得令人心慌

阳光安详，照样把一瓣瓣佛经

打进寺院和禅房

西厢几朵金针花

静静开放，几只蜜蜂披着袈裟

为即将谢世的花蕊念经，不肯收场

普 济 寺

请允许叩门的寒风，依次进门
挨近炭炉暖暖身，缓缓劲
别问哪里来，等脸色红润，想说再说

请允许陨石远道而来，砸出深坑
拜石成庙，向降落的池塘作揖
我要取出前世雷鸣
掏出今生那一挂闪电放生

请允许白云深处的人家缓缓入城
要拆掉宽窄城门
天空有白云叙事，云雀抒情
允许他们拧干一身的冷
化身祥云，起伏高处的风景

请腰酸背痛的路人取出一路的冷
洗刷酸楚和苦闷
度化回头的浪子
从此，多一尊菩萨，在江湖云游

四 月 祭

一些人被另一些人无端思念
思念长成细雨，依然无动于衷

他们一年四季躲在里面
凭什么让我们从大老远地方赶来

见了我们不作声，看着我们
烧起来的纸又被雨水扑灭

摆上他们喜欢的甜点
递到身边，还是不动嘴

那好，我可以讲件揪心的往事
没说两句，大姐挂出两串泪
我也大声哭出来

雨水听了也号啕大哭
风中，我隐隐听到了父母的抽泣

一滴水的方向

一滴水，牵着月亮，吻着太阳
隐藏所有星光的今生前世

露水刻录恩恩怨怨尘世时光

一滴水的成长有多个方向
长出胚芽、树木、清风、鸟鸣
长出春天和爱
长出雨点、波澜、河流、浩荡
长出大海和苍茫
长出白云、羊群、迁徙、更替
长出虚空和惆怅

一滴水，哭着从天上着陆人间
或喊着号子，涌出地幔，从不轻言死亡

我来自一滴水，后悔没长成流水
哭的时候，竖排成两行

深夜我远离了喧嚣

钩月西沉，一方山水浅睡
山路进入沉忌，这个时候关窗
会关闭我今生所有安详

知道蚊子会吹响箫声，舞着美妙
引我入眠，让我陷入光怪陆离的梦
支取我鲜活的一部分

这样多好，只要不醒来
没有因果报应，无烦恼，无更替
更无喧嚣，不必为某个人熬夜
不再为一片云无家可归伤悲

在牡丹院之外

牡丹院一定住着一大群牡丹
院门被关，但我相信
每一年，会有一场快意的风
送走春天，多胞胎就发生在今夜
刚脱胎的花蕊，眼眸写着前世的灵感
莞尔一笑，足以让三千粉黛
卸下姿色，顿失妩媚

我知道，院子还锁着恭亲王很多心事
他呼呼大睡，不愿醒来
更不愿看到
大清王朝淹没于盛世的牡丹

出 家

寻找一个为情所累的皇帝

一念之差割断尘缘

他一定隐入古寺的某一章

某一节密密麻麻文字里

我瞧不出端倪

他不动声色看着我

我为他着急，他越发得意

那好，我干脆说那件悬案有了眉目

他大气也不喘了

一脚迈进武陵人的桃花源

他们喜欢给世间留下更多的谜

归　顺

我真羡慕戒台寺的古松，每一棵
都是天上掉下来的翡翠，绿过青山秀水

我的进入，只会让古寺鼎沸的剧情
再次鼎沸，我点燃烛火
归顺了莲花、木鱼和虚拟的淤泥

这与我初到草原，被草原招纳是一样的
我很快与蓝天白云融为一体
期待来自天边的羊群把我淹没

走出寺门，我做出决定，信仰一棵古树
我信仰它的独立，包括自由的风
它们艰苦与共走过风雨岁月
从不转身，在喧嚣世界里独立前行

圩镇速写

每个杂摊，都进入漂亮的眼睛
或者小伙子放纵的笑声

不必拍打门环，所有门窗
都是敞开的，心与心填写的方格

三两对情人，让微笑与裙裾
在人群中绽开季节的花
挑几朵深深流行色
包起昨日淡淡的宁静

从闹市中突然闯出几个孩童
扯起一枚风筝，一朵昨夜梦中的云
升起圩镇所有的心

陪母亲拜佛

陪母亲庙里拜佛

替她下跪祈祷，我说：佛啊

请原谅一个老腰病的人

不能给你下跪，佛没回应

伸出拈花手，顺着所指方向

母亲一脸安详

我听到佛的点悟：母亲是你的佛

她度过那么多苦难

剩下的，你帮她扛

我心中忖道：早有此意，我佛灵验

晨 起

这么巧，夏天清晨
我大门一开：阳光正好
与我撞个满怀

我们一起成为白日梦
一道刚出壳的风景

郎　中

我越来越像郎中

偏居一隅，想为初患者望闻

想为重症者把脉，还不自量力

想为古老民族开出药方

一段时间下来，发现心病难医

一是随心，二是积怨

我不顾声誉，开一贴叫大爱的重药

附上一味叫谅解的药引

处方写在笺上，细瞧，几行词条

更像一首绝句

回光镜的暖意

南　方

南方的天空被大海湿身
被白云擦拭，那是无奈的事

南方的水田被远古的雨
填色
热爱夏季的人
常来写生，南方的母亲
把孩子带到田头，看太阳雨
月亮像一块香饼
不时触动孩子的嘴唇

夜

它的美必须是黑的
必须神秘和执着

星星是夜生的
夜有了崽，多了些担待，深沉起来

暗黑从天上挂下去
荷花从水里长上来

风牵着影子，蛙声中断
池水红唇微张，布满爱的陷阱

一些人想跑出夜之外，一些人
隐身暗黑，钓着前世的闲愁和伤悲

是谁把灯光泄出窗外
夜丰腴、柔软，承受不了洞穿之美

黑眼睛黑头发的妹子，也是夜生的

该不会拎着心思

独上莲舟跑到世外

饮酒，与午夜

不少星星是我过命的兄弟
另一些是红粉知己，试问有谁
能替我扛起黑夜
听一夜我今生未了的心事

饮酒故人庄，夜空如洗
我与星星们席地而坐
喝一壶醇正的满月

一些星窃窃私语，一些星
半掩柴扉，一些星说着梦语
夜半钟声那座庙响起

一些星若有所思，一些星
暗地流泪，泪水压弯远去江水
一颗谢幕的星儿，挥手告别了世界

与伴我长夜的星星达成谅解

做明白人，写简单诗，喝月光酒

做一颗露珠晶莹，剔透

用我的肝胆与星星互表谢意

甘薯的艺术人生

八月初，我迫不及待剥开垄土

一地横卧竖躺的甘薯

手心掂着，溢出我满脸小幸福

我如期春播，愉悦收获

尝一口鲜味，清香满腹

兴奋中我告诉老伴一个秘密

隐姓埋名中壮大自己

是甘薯赖以生存的唯一方式

瓜藤喊着号子走过岁月

你别指望它把果实挂上尘世

比如此刻，一块甘薯

从我的双手递进篮筐

眨眼工夫，走完了它的一生

天 风

独自在家的三岁女孩，大布娃娃

扮成母亲，汤匙喂，纸巾抹

一顿饭喂得好温馨，饭后

跪守她身边安顿她入眠

一把芭蕉扇，接引着天风

看来母亲已睡稳，女孩低声说

"乖，明天带你去工地，一路

听鸟鸣"

边说话，边灭灯

女孩和布娃娃安然入梦

呵 护

在人间行走，我日渐避开强势，同情弱小

办公室有小鸟登堂，我假装不知道

好让它们续写未了的云间叙事

直到三只雏鸟落下鸟巢

才知筑巢已久，面对这美丽的错误

我只能给它们安一个巢

纸盒撑起它的老窝，雏鸟睡了

母鸟转换了腔调，我觉得为世界构筑了

音乐的美妙，想把它献给我的初恋

回不到那个年头，决定献给自己

身上立马飘出

秀发披肩身影，接收了这个鸟巢

像散落的偏旁，得到满篇文字照料

心底涌起潮水般暖意，这鸟巢

罩着我的孤独，捂热我苍凉的余生

六一写给女儿

十岁，你扎羊角辫

我的乐观被你放大为甜美

我的执着被你复制成不罢休

越是这样，越觉得你是高处玉瓷

不能让你坠落，发出脆生生的尖叫

六一前夜，突然想起没备礼物

决定为你剪贴画册，收集报纸、杂志

至凌晨四点，所有精彩都被取下

孩子，要是心里还有更美的，也会为你剪下

画册在手，你灿若烟霞

我身子如生硬石头开出鲜花

涌起花季暖意，我一夜的作品换来你

珍藏书包当宝贝，往返家校一寒暑

孩子，今生遇上你

竟然忘记了你还有许多长辈

也包括我自己，你那些发小，我好好待着

所以周末总有一群小鸟

欢欣雀跃，把我簇拥成一棵树

山睡了，风醒了，每个夜晚

幸福猫着腰，从低谷往高处跳跃

远方的吞

女儿快递一箱坚果

嘱咐我收件开箱

如果掰不开，里面有去壳工具

每天吃几颗

提神补脑，坚牙利齿

香，分明就是一种诱饵

我看见大山深处有一群猕猴

为树梢一串野果大动干戈

五月的诗意，长满田野

既然归仓的稻谷听不到鸟鸣
就让它化身碗里的光鲜词汇
饮下阳光、清风、露水、云白
长出绵绵不绝的诗意

既然稻田已把生宣铺开
我愿意把笔杆握成锄头
引来在河之洲的活水
线装山前唐诗，山后宋词
秋风一来，朗朗上口

既然梯田一垄一垄天上走
我肯定跟到天上去
长句起伏，短句顿挫
留下几首山清水秀的自由诗

陌生人素描

餐厅，少女和一桌凉下去的饭菜
似乎在等一个人来，等久了
扒拉几口饭，离开

入座优雅的中年人，看有剩菜
动筷，邻居没来鄙夷的眼光
他若无其事，慢条斯理用完饭菜

像流云，移步捐款箱放入红钞
飘然而去，全场静下来
落日西坠，耷拉、羞愧

蜗牛素描

我的蜗牛光滑笨拙，磊落勇敢
出门总背一座房，午时三点
蜗牛伸出一双筷子，享用午餐
闻着风中的牛奶和面包，填饱了饥肠

它只是大自然的一个逗号
停歇在山水间
螺号一旦吹响，身底拖着一条江
把今生今世爱上一万遍

活着，一座流浪小屋
死去，一座玲珑坟墓
浓浓的爱意，溜溜的包浆

水　牛

把所有水牛缩微成蜗牛

不再苦读田野这本线装书

卸下眼里忧郁的青海湖

不再担心高处落下的鞭子优不优美

不翻译它的低哞长吁

不测量深不见底的泥潭苦水

我暗自庆幸世间又免去了一桩苦难

生　灵

2015 年第一场寒流
带走美丽的秋，也带走我的翠鸟
它像上天掉下的翡翠
谢世的翠鸟，双翅在胸前作揖
还在对天空表示谢意

记得它多次来我家阳台做客
经常出双入对，我假装不知
让它多一分抒情领地

走得比树叶还轻，比风谢幕还快
我能给它的只有足够长的注目礼
用掌心把它捧起，手心那一掬雪悄悄融化
凉意淌过血脉，透进心里

雀　巢

山峰浪尖涌起
云彩不经意把自己弄丢

每棵树都在发报
风吹草动．鹰飞兔跳
每抹树梢都是敏感的神经末梢

每道山水每个角落
山穷水尽处，也能互通情报

春来了，风涌起浪潮
雀巢又开始隐姓埋名
晒好秋天的一帧帧地图

怒　放

夏日让万物生长鲜花怒放

遇见母鸡像幼儿园阿姨
领着一窝小鸡，呵护着十多只
渐放花蕾，见我走近鸣声示警
花蕾齐刷刷挨近母亲羽翼
母鸡项上羽毛冲冠而起
怒放的鸡冠花
有种对阵老鹰的斗士之美

这个夏日让我心生敬意
在于柔弱的母鸡
敢于对抗强大世界

周庄，今夜我约会你的小桥流水

沿着薄暮叶脉进入周庄
舟子轻轻一点，点开时光窗纸
我的橹船走进周庄古时画廊
游走水乡每一寸肌肤

月亮，是天上的
我与水中月，是人间的
云在脚下流淌，我是在人间还是在天上

夜如此柔软，风如此顺从
适宜听风、赏月、掏心窝子
然后老去，题上江南春绝句几行烟雨
我依依惜别水乡

小 雪

每年撕日历遇见小雪
小心翼翼，就像取下月亮的心跳
多温柔的一个词，纯洁、干净
落地无痕，有花仙子莅临的飘逸

听见江南女子一声娇叱
欸乃一声，关闭眼前青山绿水
此日起，白色统治了原野
雪一阵一阵，打磨各种道具

松果坠落云间，松鼠掠过天空屋檐
尾巴竖起一支伞，以空降形式
发动新一轮冬季攻势

风与野草跑入村庄，埋身雪之羽翼
等待破壳时机，几座坟头匍匐村外
像镇纸石，压实经久不息的苦痛

小雪日起，可以泯恩仇，删红去绿

只做减法，削去恨意与多余

提取谅解和纯粹，一统天地，天下大白

钓

星夜当湖，月牙当鱼钩，浮云一动
提上来的依然是静美的夜色

唐玄宗也是，自己当饵
悬放于王朝深水处，钓出美人
钓出诗仙，钓出安史之乱

赐死妃子，斩杀作乱者
却不杀李白，放生江湖
李白安知自己也是线上的饵
醉了，云间斜卧
醒了，续写他的扬子江漂流

稳坐钓鱼船的皇上收钓
镀上月色的蜀道、庐山、扬州
美不胜收，醉酒部落里还有
落下九天的银河，天上来的黄河水

与李白相遇在月光山水

弯月当酒斛，山峰当酒杯

继续喝你的芨间一壶酒

又喂了几杯子桃花潭，真的醉了

再斟一壶前朝明月，摇摇欲坠

从唐朝山巅，降落我家客厅画中山水

他衣袂飘拂，举杯邀月

我只能当他的影子

随他出门、夜归，踏碎月色

对影成三，今夜破格邀我喝酒

我不敢，想他一壶酒醉倒李唐江山

如此大手笔，我怕消受不起

他读出我心思：你这小厮

皇上礼遇，让他捡了个大便宜

他江山财富美色应有尽有

再加知诗书、礼贤士

大唐不就多出一位明君

他叫我不必推辞，你是影子生生不离

多年访问山水，把你累成日夜

邀你喝酒让你不低媚

找回做人骨气

他轻描淡写

世人称我诗仙

讽我醉了自己，颠了天地

其实世间误解了酒

酒米生在田野，斟一壶酒

饮下多少阳光雨露

三杯两盏长出清风明月

饮天地精气，在稻花香漂流

借着酒意，我一口气喝下

眼前高山流水，想与他大饮三百

诗仙只留一句

下回见面

多带几壶老窖来

话未落，又回到盛唐山水

赠 李 白

还须青剑随身，以便
落E起舞，今夜做客桃花潭
才能斟下那斜弯月美酒

还须一袭青衣，以便
融入山水，路遇不要命的粉丝
才能御着清风，飘然而去

奉劝你养好你的脊，修复你的膝
才能仰天大笑，举杯邀月
一壶酒喝醉大唐盛世

才能路遇权贵，决不低媚
再遇玄宗贵妃
决不给高处的云彩下跪

才能重上蜀道，随时回到天上去

仙 人 掌

沙漠静下时，仙人掌在走
仙人掌停下时，沙漠在走

这对日夜兼程的过命兄弟
日月绕行，岸已远走
岸上有首遥不可及的歌

突然伸出一双手，向谁疾呼
想起什么事，星夜推开天湖
沙漠雾起，朦朦胧胧的楼兰公主
呵一口气暗送秋波

阵风、流沙、日暮、仙人掌
幻影、古国、真相大白

西域回乡记

不乘快马，担心一加鞭就误入汉唐
那里水太青，天太蓝
胡姬太妩媚，容易让人嗟伤

就乘动车吧，一会儿天上
一会儿人间，不打尖住店
不惊扰客官，扯落一枚活蹦乱跳的夕阳
晚霞烧得越匚，日子越新鲜

一片云路过泉州

一片云路过泉州，不想再走
夜宿清源山，晨起化身一汪泉水

人类择泉而居，神仙也爱着人类
老君、释迦、真主不约而至
走进古城茶壶的山水里
一炉夕阳的炭火，煮熟了几个朝代

一拨拨阿拉伯人，从海上来
入住村里，八百年过去
成为我的乡邻亲戚
听他们讲古，胜过《一千零一夜》

在泉州，走一座古屋等于访问某个朝代
浅走小巷，慢走花蹊，请别走
小桥流水，它连着上游的在河之洲
或溪中浣纱女，秋水太凄美
容易让你误入宋词里，出不来

沉　船

驶出刺桐港，返回泉州湾
一个来回五百年，我如何与你交谈
你双桨划落三百万个太阳
桅杆升起无数东方月亮，水中
星光熠熠，讲不出一个汉字的忧伤

肯定有女人和孩子望眼欲穿
你的名字锁进抽屉，等你的人
用墓碑挂起千张帆，盼你回返

天 后 宫

面对救苦救难的妈祖

我双手合十，心生闪电

我长跪求她借我眼神的光

微笑的芒，贴在云天一绺头发

我要编一张网，从喋喋不休的海洋

打捞原汁原味大明江山

沉甸甸的往事五百年

妈祖啊，这五百年往事重生

算不算救苦救难

泉 州 湾

船载一千零一夜
卸下整个世界的欲望

此刻，它静卧成风箱
拉杆一推，帆影一拨拨飘到天上
丝绸一浪一浪铺向西洋

在赛里木湖（组诗）

1

我欣然接受了一片湖
和湖水里的夏天，一路草青
和草尖上翩飞的蝴蝶与太阳
一座雪山，与一场尚未到达的雪
那一封请柬
并想通过一次相遇释放日久思念

我一脚走进赛里木湖
整个赛里木湖为之一亮

2

有青草地方，就有蝴蝶来访
细读其中斑斓、古韵古香
从清晨翻到日暮，从春暖读到秋霜
人间春秋在它手尖拈着

光阴在它梦幻里收拢、派发
它似乎忘了坟土和远走的爹娘
不像我，时常怀着无以言状的忧伤

3

白云本可顺当走过千山万水
它偏要走进水乡和它的浪漫主义
现在倒好，天鹅一个俯冲
白云被拎入湖水，鱼儿动动鳃
就能咀嚼天幕，吞咽白云
一拨鱼跃，足以让雪山心惊胆战

这还是温暖不失凉爽的初秋傍晚
换作秋风乍起，被撕的天空
是否发出岁月的尖叫

4

终于窥见一朵花如何盛开
闻得野马嘶鸣，惊醒打盹的草原

原野以天空多出的部分出现

太阳检阅着自己的田园、沟渠

以及吵嚷的城市，长不大的村庄

我坐在夕照臂弯，抬眼望去

黄昏静美，湖光妩媚

挽手走入一厢画廊

岸上野花恣意开放

恍若蜜蜂的袈裟，罩住了天宇

此刻，赛里木湖宛如旧时瓦岗寨

陷入湖光、山色、流霞、余晖

各色花瓣的重重包围

5

在赛里木湖，我完成了与古铜镜的和谈

达成备忘，免去旷久的眈眈相向

双手搭起凉棚，看看这天上的镜湖

如何打理江山，从哪里来又云游何方

望见仙人远古而来，流连忘返

掏出衣袖一方端砚，他要研磨这山水
挥笔天下，成为气象

看见千年驼队西来，衣袍里披着
柔软的大西洋，一生的山水翻卷、喘息
凝结的泪水，亮白了端砚里的秋光

看天上游云，没稳住立场，坠落为水
趾高的天鹅，把不住脚跟，失足为浪

星为珠蚌，弯月为帆，赛里木湖
你最终还是被我眉笔下两滴墨水招安

6

难得有一缕炊烟，吊起一弯月亮
我要钓一尾冷水鱼搁置云端
它的活蹦乱跳能治愈我千年苍凉

还要借一弯树枝，荡上天空屋檐
我要对镜湖面，细究自己的前世模样

顺便与掠过明月的一只天鹅说再见

7

所有水中栖息者悄悄离岸，腾出净地
让给一场雪，雪在更远的北方
排兵布阵，伞兵飘然而至
上房揭瓦，入水筑砖
与洁白有关的词语，屯兵其间
奔突的词语叫狼，虚张声势叫作风
它们的来访足够赛里木湖休养一段时间

白雪漫过我和野草的脖子
我们呼吸着天底下最顺畅的颗粒
分享大地的起伏和心跳
身边卧着冰清玉洁的女郎

十月之前，帷幕落下，又一幕剧情上演
再无苦楚，叩响我今生门窗
我舒心拥着一天星光长眠

开国大典

注定这一天，隆重的湘音
震响世界的话筒，注定这一天
一支人民军队开进天安门广场

就是这支不起眼的队伍，
向独裁者开响了第一枪
手握铁锤和镰刀，砸碎三座大山
收割万里山河

他们只是东北大豆高粱
西北山丹，南国红豆，娘的土蛋
家的篱笆桩，某一天遇上世上鲜红旗帜
大豆高粱不再流浪，跟上一个爱熬夜的
韶山人，从井冈山收割到延安
一直收割到天安门前

真理和实践正步向前

一九八四年
真理和实践英姿飒爽，整装待发

一场飓风迎面另一场飓风
碰撞出更强劲的风
风沿着一条从未摸过的河道疾行
吹过小岗村，吹过深圳厦门
吹绿江南两岸，涌动万座乡村
撞开封闭许久的国门

空气清新，好日子沸腾
不需拍打门环，每扇敞开的窗门
都打开思想活页，等待填写的真心

检阅三军的是位小个子广安人
举重若轻，坚信发展就是硬道理
世界寂静，谛听美妙的中国声音

见证中国梦

这不只是纪念，这是见证和平，见证美
见证世界人民散落的心，铁一样方阵
走过平型关、台儿庄、东北雪野
走过卫国战争、反战同盟
走过夜幕和丘陵，深山和黎明

这阅兵，启封七十年前寄出的
一封信，右上方
赫然贴着醒目的中国梦

此刻 每个地球人听到骨子里拔节声音
徒步方队脚步声，"和平""和平"
车辆方队横卧的大力神，天空梯队轰鸣的
中国声音，共同祈祷新丝路飞架世界
蓝色梦幻向大洋延伸，一个沉稳务实
言出必行的中国人庄严宣誓
正义必胜，和平必胜，人民必胜

与几首老歌有关

舍不下那道山，离不开一方亲人
一曲缠绵的《十送红军》
以袖掩脸，把一条忐忑的长征路
引到热情好客的陕北

以义勇军的名义，集结大豆高粱
失眠的黑土地，流泪的松花江
指挥大半个中国的《黄河大合唱》

一曲《军民大生产》，唱得边区
心花怒放，纺出太阳的光，月亮的芒
搓一股绳，凝结军民力量
心系天下苍生，横穿上下五千年

闽南荔枝花

请不要用娇羞、妩媚等词语
对荔枝花进行修饰，也不要干扰
天上掉下的云彩，在乡井隐居
它的内敛像午夜星光
一眼看穿世态炎凉
一夜之间把所有星光穿在身上

我带着相机而来
每次都被它拦在五月之外
它寂寞地开，无主地开
只为一骑红尘妃子笑尽情地开
一群蜜蜂，从各自宫殿飞奔而来
穿黄马褂的，像御林军
身后应该有个皇帝，迫不及待发出
打探春天的消息

第一拨荔枝花问世
找到记忆里的大唐山水

第二拨荔枝花盛开，喝酒唱曲

直奔华清池

后续的故事，是垂下来的嫣红

醒世、欲滴，直逼初秋

阅兵式速写

九月三日
这一天是七十年的浓缩

日子装订成册，每一页都行进
原野山川的队伍，"民族兴亡
匹夫有责"众多词语，挺身而出
吹响冲锋号，集结千座村庄
誓师百万义军和勇士

长城是本线装书
移动的长城是本军事著作
徒步方队，车辆方队，空中梯队
依次打开页码，延伸了陆海空深度

所有祝福，不必用掌声和欢呼
叩响长安街的脚步，是震撼世界的
铁的节奏和元素

这一天，先烈们仰天大笑的日子

萦绕太行山、白山黑水的忠魂

听到世界最悦耳脚步

踏着"和平"两字节奏，如雷贯耳

此刻，我坐在南方一座城里

坐在激情四射的直播室内

陪着父母和妻儿，血脉汹涌，

无法抑制，不时要为老人擦去泪流

老 兵

站起来是座山，这山很高
高到弱不禁风，高到寒气逼人
高过白云和雀跃，到达一百年高度

坐下去是条河，一条起伏的河
你深陷眼窝，住着咆哮的黄河
源头涌出泉水，流经九十个春秋
正从你眼中奔涌而出
幸福、酸楚而又滔滔不竭

宁　静

军营是块铁，哨兵是铁打的钉
风雨如磐，复制石像般的宁静

家乡有月光浸润，稻田很宁静
有白云擦拭，蓝天很宁静
河水亮出刀锋，剪开两岸草青
这宁静，直抵每个人内心
我突然发现，原发地就是绿色军营

多想听听士兵声音，喜悦的，疲惫的
想家的，哪怕是生病的，我没做到
我知道他们，守着心中困意和梦境
守住家乡与母亲的安宁

月如钩，山川平静
鹰打转，天空平静
军营肃静，世间多一分宁静

路过一个叫尘世的地方

云　锦

从美好的名字开始

我认为它更接近天空本质

更接近云之内心，当我写下云锦

天空默不作声，只有云雀在高处抒情

在云端，两个编织白云的人

并不在意我的逼近，微妙的动作告诉我

她们正在快递山水清音

一人从袖口掏出闪电放生

另一个接收山巅滴落的鸟鸣

我读懂什么是丝丝入扣

像一枚松针，走入一朵雪花的眼睛

我多么渴望拥有这一份工作

牵着云丝抵达天庭，即使脚下沙尘弥漫

也一尘不染，如此，那俯仰的高山

行走的红尘，也会在织女手心悄然入梦

深秋，金黄与飘香闪亮登场

秋蝉一声变调，云丝退场

天空一片瓦蓝，抬眼而望

阳光有多少光芒，稻田就有多少金黄

阡陌直入村庄，采茶女折返茶园

辽阔田野，一半让门窗裁成画框

一半被道路分割成井田

两棵金桂村东怒放

一炉青茶村西飘香

香气顺着古丝路，飘出塞外

飘入汉唐，袅娜水袖，掠过天方夜谭

霜降一来，枫树盛开

秋风哨声一响，千军万马撤退
绿色原野遍指金黄
河水拖一把剑隐入暮色

山水间闪出一标兵马
迅疾包围村庄，满山红遍
我只不过眼睑一开
那瓦岗寨的古意，淌入心怀
打开门扉，满幅秋韵扑入门楣

蝶

爱这世间，就该像蝴蝶，一出世
拎着一叠叠时光
走进春暖，走进秋霜
走进一场场梦幻，哪怕飘落空谷
也要把今生孤独和苦难
化作幽兰，风中一回首
那袭人的芳香，让我心碎了
一辈子

露珠在荷叶的版图上行走

不知谁是父母，贸然出世

生长在空谷，风牵着我四处请安

阳光透视出我家贫如洗

流浪中岁月老去，我居无定所

我是我的父母，抱着肩膀走路

我是我的影子，寸步不离四海漂流

感谢荷叶

赐我今生完美版图

在故土，鸟鸣是一枚钉子

钉住山清水秀，我懂得落叶归根

滋润荷花三分静美

伫立今生来世的悬岩良久

每天都在出世和永别中行走

这样也好，来得缠绵，去得利落

一生获取的苦涩与泪水

比天上的星星还多

已入深冬，切莫流泪

雪花是冬天生的，蜡梅也是
霜花的香韵不远播
内敛，鲜活，守身如旧

我当然跟着阳光走，你也跟着
村庄、云霞、河流也跟着

缓缓走过春秋
风一紧，你难免眼一热
劝你莫流泪，那天上飘的，河里住的
找不出家乡和父母
比你更有伤心的理由，想想天地
悲恸的样子，你须忍住

看海作画

看海作画，可临高玩味

晨间描摹红蟹出锅，煮沸一锅汤水

午间素描静卧美女，美妙海岸线

山丘隆起，凹凸尺寸如此之大

日暮彩绘出一盏灯笼，牵着渔舟晚归

看海作画，可入海临摹

每粒细沙，都有浪花刷洗

每片沙滩的足迹和笔误

都有潮水来回擦拭，每个冲浪高手

都是蝴蝶在花海翻飞

以弯月为笔，夜黑做墨

鱼舱卸下星光和渔歌，跑入画里

夏天来临

爱上黄昏，爱上牛羊下山
爱上乌云满天，山风不必浩荡
多情一点我心生爱恋

三角梅多胞胎发生在今夜
明天还要怯生生接待蜂蝶的来访

一只鸟心中的夏天
比我殷实一点，山巅上辽阔的远
云端之上无边的蓝
从树梢到人间，从人间到天堂
风来得早，雨来得晚
唱声比街头叫卖声嘹亮

我喜欢赶往高处
站在悬岩上，逼近天
不到三尺，有神明的地方

鹰打转，没搅起满湖波光

阡陌上的乡亲，一路往秋天里赶

国画《纤夫》

玉女立于雪山高处
以泪洗脸，流出一条江

川江号子又将这条江拉回
纤夫的心跳如鼓槌
击打着渔家女的孤月

江门逼仄，猿啼催促着湍流
加急的岁月，涌向天之尽头

看贫瘠两岸，留不住浪花一朵
我喉咙一热

纤夫走近我，他们光着膀子
步子慢如老牛
一步一步走向远古
怎能不叫我泪流

又见西湖

取出唐宋年间西湖诗
最走心的
那几首，我要造一条兰舟
请上烟雨中的白娘子
留一岸柳丝，为水中伊人把守

旧时的雷峰塔守在高处
桃花依旧二月
不谙世事的许仙来了
与白娘子相遇一幕江南细雨

千年之后，西湖不敢再动水漫心思
二月命短，许仙们长吁短叹
让西湖水站起来又软下去

五月路过西湖，人拥车堵
两手空空的我，见到小青摆弄满头柳丝
我该如何向她诉说

老 焊 工

焊接过巨轮，让陆地进入海洋
焊接过机舱，让心事飞上蓝天
就是没有焊接过一场爱

深夜走过他的住房，灯光暗淡
好像他这一辈子只会引燃焊点
他需要被发现，像一名
替身演员，也需要些许观众
关注他的生命走向
只见天空一道闪电，刺目的芒
更像他一头白发，把孤独和苦难
焊接在天空屋檐

一些往事值得我掩埋

把往事埋进泥土
相信不久会长出菩提树

它值得我浇水培土，察看长势
某一天长成佛，朝圣的鸟儿很多
引来许多清风白云驻足

一些旧事不能重提
漏水与起火是旧事重提的后果
所以需要有防火墙
也就是要将往事烂在肚子里

杜 鹃

在永春，能够勒住路的缰绳
让我下马流连忘返的，是五月杜鹃

山举起臂膀，杜鹃擎起篝火
燎原所有山川，蝴蝶为它而生
为它而翩，驻足花骨朵
翻飞花间，飘逝生命火焰

那么，在永春山上的采茶姑娘
该叫杜鹃，还是山里红
抑或叫映山红，或许这些已不重要
重要的是，一朵花怎样引燃深山
每颗备受寒冬熬痛的心
都在这里得到暖意和释放

一簇簇鲜花，集结于山间
组成冲天火焰阵势，直逼云天
我愿做一朵杜鹃，不表白不倾诉
也能把苍凉岁月点燃

心生莲花

莲花想了一宿，不想一夜怒放
做个梦点亮一盏灯，依次点燃水中花

这样的绽放，才不会逼人的眼
才不会把夏天逼到天上
才会把我眼光，从楼上引到池塘
才会把一对对情侣心中夕照
引到凉亭托付今生，才会把花瓣
还给月色，才会把清凉还给佛祖

这柔软之物，本不属于我
却真实地向我渡来，再看一眼
满室生香，今后每天
莲花的轻舟，肯定荡进我的心田

莲花座的响声

莲花还在开，有鱼弄出响声来
佛祖袒胸露乳，坐于苦海
拈花手一指，清凉习习而来

平身之后，我突然明白
佛祖让我根植淤泥
净根俗水，跳出世外

一声激昂的佛号响起
与远古的回声，邂逅于门外

不要在月光下历数往事

不要在月光下历数往事
会让往事弯成一把刀，在天上悬着
水里晃着，坑坑洼洼满是伤痕

顺着月光的脉络，一叶扁舟荡过
春江夜，刷过前世的山今生的水
那荡漾的鳞片和清波
一首首唐诗宋词涛声依旧

也不要在月光背面藏掖往事
会让夜色又涂上一层浓墨
最好赶回一山坡羊群，让月光走进
内心深处，明天会有晨曦喷薄

对称之美

天上有够多星星，地上有够多人丁
天上有够多翡翠，地上有够多鸟鸣
天上有够多流云
地上有潮起潮落的人群

唯独我的乡村，够多的人老死
不见够多的人出生
够多的人离乡，像流水和行云
掏空一村子的魂

偶有回乡妹子，身上珠链如鸟鸣
大包小包如流云，久叩柴扉门不开
老父母还在田野里折腾

想回头的箭

一支离弦的箭，直取靶心
中途突遇姑娘，它不想洞穿美丽
好在小锄恰好挡住罪孽
落地之箭回眸天空，说这世间有救

从娘胎到世间，日啖稻米三千
踩伤青草数万，熬夜扰乱星星入眠
还不对用言语的刀锋伤及善良
真想回到袋鼠妈妈身上
这世间生我为孽，罪不可恕

之后，我的双脚和思想不再走直线
学会转弯迂回，不效仿洪水横冲直撞
汹涌化为波澜，惊涛化为顺水

像一台割草机，割掉我的
怒放和静美，让世间成为草坪

霜降日记

霜降日，每户泉州人都备下红柿
寄托秋后日子红红火火

我从一大筐红柿里
挑出几颗圆润饱满的

一枚红日在暮色里找到了我
我选中一颗朗润的来吃

剥开皮囊
它红唇微张，是我先吻了它
还是它先吻了我，我不能说

柿核光滑干净，手心焐着
像初生的我，被生我的人好好待着

之后有点涩，一如我的生活
艰辛多于甘醇，感谢它个中滋味醒世

字　典

我在想，这个世界
最终只会剩下一本字典
就像世界之初，只有满天星光

出生那天，我的姓已埋伏在村庄
两只蚂蚁走出字典
一路勾连，把我带入人间

一个词语总想与另一个词语
抱团取暖，犹如我的初恋

某夜，一颗星星对我眨眼
我还以凝望，后来雾起
不再相见，让我好一阵子心伤

又一拨人在石头上刻下名字
以名片方式留在世间
未翻的页码，我的词条也在里面

河对岸的秋天

几片树叶落在对岸长凳上
秋天悄然飘落人间

老人在阳台上抬眼，对岸只隔一叶兰
与老伴相携，三声鸟鸣抵达秋天

多想回到对岸，哪怕只走一半路程
叫声老伴，她挂在墙上
眼光柔软，秋水淌过他的心尖

像漏水舟船，他又在藤椅搁浅
隔开的小河，好像隔着一场梦幻

一对年轻人，轻舟泊在对岸秋天

身　世

探知一棵树的身世，该去问鸟
鸟儿旅居云端，逢山开道遇水架桥

求知游鱼身世，去问山泉
它深知水之冷暖，水面刻满甲骨文和隶书

想知道一群狼来自何方，去问孤月
月儿没来，你是否听到它们引吭高歌

想知道一个人的身世，去问影子
影子用密码，记录生命源头
描摹命运藤蔓，捆绑你到谢幕

念　珠

日子紧凑，穿成念珠
在尘世一晃而过

拿捏顺溜的日子
揣摩逝去的时光也是那么美好
断线那天，时光狂奔乱跳
一切化为乌有

聋哑人的舞美世界

台上的聋哑人，比强台风起劲
比汹涌狮群兴奋，比积雨云迫不及待
一个人一朵云，一群人整个天空
手中鼓槌，打破天空安静

暴雨停与不停，心中有明月指引
观众听到了河水天上来的声音
禾苗拔节声音，大风吹过百草
评委噙着两颗欲坠的星

看吧，母亲那深耕的皱纹
静水河放养多少期许和沉闷
当河水冲破岁月宁静，只有母亲
能感受堰塞湖被释放那种共鸣

永春佛手

佛云游永春，住下来
他想念山水，更想念人类

他不居寺庙，盘坐山中
看老鹰飞、炊烟起、云雾相随

谷雨到小满，秋分到霜降
万人空巷，采茶女向佛手观音
向乌龙水仙，伸出拈花手

背一缕葱翠和云彩，把佛之手
佛之意铺开，烧一炉火，焚一鼎香
满村人飘飘欲仙的清香

佛越聚越多，有一些渡过宝岛住下来
佛也说闽南话，喜欢庙中的永春风味

致降央卓玛

她歌喉里肯定养着一只鹰
鹰在天空打转，降落草原某片净土
白云依山，羊群归栏
低沉的马头琴声往心瓣里流淌

声音那么圆润那么饱满
把草原的汹涌都装饰在她身上
想捂住琴声，已不可能
如同捂住一百个泉眼

就让无形之手牵引
倾听雪山高原肺腑声音
我更愿意困在大提琴的陷阱里
寻找我今生苦难那一部分

与一棵树交换意见

与窗外一棵树交谈
不觉已是深秋，日历页码
所剩不多，树上叶子越来越少
落叶晾在地上，晒干水分和记忆时光
然后褶皱，发黄、老去
我说早莺一啼，你又满树春风
它说只要陪它过日子的老叶片

那些被露水吻过的，为鸣蝉
动心思的，为画眉遮风挡雨的
中暑的，发烧的
为一朵花的分娩夙夜未眠的
昏在路上的回不了家的

我的那些发小、玩伴和爱过的人
不知被风的翅膀
带到天底下哪个地方，是否
被生活的文火熬干水分

蜷在冬日下，像风干的叶片

我们恍然大悟
所有事物命运再神秘
也抵挡不住慈眉善眼的时光

清　白

我曾想隐居山林，以风洗脸
以溪濯足，避开喧嚣尘世
不久我又返回，加倍爱着沉沦的世界

像夜把黑弄得更黑
像日光将白洗得更白
刚洗去身上的原罪，转身扑向一缸污水

我的朋友加倍透支未来
把自己染黑，认不出自己
总想在茫茫人海
洗刷一世的清白

夜之素描

夜是昼的鞘，昼是夜的刀
夜跑到哪儿，昼就跟到哪儿
昼在树梢摘旻，夜在树下扶梯
虽知是圈套，人间习惯了刀入鞘
比如熄灯，比如黑夜中潮起和潮落

夜跑到哪儿，人就跟到哪儿
我想关住门窗关住美妙
关不住流淌的夜和夜行人的脚

还是夜之末最好，静谧如寺庙
好景不长，又被老妇生把火
把夜色烧开，我夙夜未眠
听夜风在跑，乡村在更替中衰老
鸡啼声，是夜最后一声咳嗽

喜欢燕子的诸多后果

我喜欢燕子，不知不觉爱上田野
水稻发芽抽穗比写诗更慢
那接地气的文字远比诗歌动人
用禾苗的慢时光看飞燕
无疑快如闪电，快过父亲的刀镰

自然而然我爱上墨水，在冬季
它一掠一坠，也能在宣纸的雪地上
长出一个春季
还喜欢上鸡雏
乳燕呢喃，唤来夜色
雏鸡啾鸣，只为醒转明天的农田

我喜欢的秋雨是轻的

我喜欢的秋雨，从远古而来
被风提起，从容走入远山近水

秋天的云也是轻的，与地平线
谨慎保持距离，提醒众生你还活着

一场淋漓的雨，想一下砸到我心里
像攻城的厉兵，我稳坐城头观幻灭

与我相遇的秋雨，气息如兰
拉长了时光
挂在草尖的水珠，是我今生最忐忑的记忆

我偏爱捎带秋雨探亲访友
每次造访都赠予竖排的诗句

拉大提琴的姑娘

她的船桨，划过夏夜星空之后

与弦月一样，悬在天空屋檐

不知停在云端，还是正往秋天赶

我及时以大提琴身份出现她身边

她把我抱住、顾盼、耳语

琴身正好对接她那小夜曲的腰线

平缓起伏不定的高山平原

因为余音悠远，我备下完整的秋天

在湖泊里种植她的太阳，把黄昏

种在天边，水中出落的月亮

骨感带点沧桑，略低于她留给我的伤感

雨雪日子，我暗地窖藏，酿孤独酒

寒冷过去那天，你我再次相遇

弓起弦应，大风起兮，苍茫又落人间

相信你我，今生一定会把几条钢丝走完

这个世界为什么有潮水

山坳里住着三只花鹿

母鹿带小鹿看霞光，路遇花豹

母鹿鸣声示意小鹿

全身而退，自己迎身花豹

像一尊雕塑，矗立世界正中间

照片上，阳光如此柔美

山川如此秀丽，没能止住我

喉头一热，热泪盈眶

这个世界为什么有潮水

落日啊

两只伤心小鹿与你对望

它们生来就把山坳当家乡

数完了星光一起扛起太阳

没有母亲的故乡如何守望

两只绝望的小鹿与星夜空望

眼神像几盏黯淡星光
也许熬不住今夜透骨的寒
只与流星互递一眼
我读出大千世界的所有忧伤

一束灯光打在暗夜，像一支橹
撑起舟船，要渡我去何方
这个世界为什么有汪洋

致谢世的人

廉叔，你悄悄死去
这个消息如同一枚钉子
遗像挂上砖墙
钉尖没入我的心里
像一盏油灯，把九十七个春秋的
暗夜洞穿，孤独而绵长
仿佛霜风里的落叶
风中那几次剧烈战栗
耗尽了最后的期待和幻想

你的体温
停在一碗汤慈悲的温度里
握住你的手，再不能互递暖意
我不愿相信噩梦是真的
一个善解人意的人
应该和善意一样长寿
直到你向生养你的世界
缓缓谢幕，独上兰舟
目光随你远去，剧场空空如也

真想在这样的秋色里谢幕

秋天丰盈，得到漫山遍野的赞美
大雁养眼，道别村庄
把一行边塞诗写在天上
我与秋水一道，掩目过岗
收藏了秋色里的稻浪和果香

秋天风紧，鸟雀俯冲稻田
风掀动稻浪熟宣，斜照摁下落日指印
遗书交与山河收管
呼吸山间空气，幽兰金桂荡漾
尾随余香，可抵达汉唐
我不想多叙事，也不忍回返人间
备了这么多物什，羞红满面
我只能雾化成云，周游列国而去
不久，我化身为雨回来
淌成一汪秋水
会把秋的每一天爱上一万遍

笔（组诗）

1

在天地间起伏，我是一把锄

阳光铺开田畴的线装书

一锄挖出一洼春水

长出谷雨和芒种，草长和莺飞

我挥汗如雨

秋天露水很重，稻浪很沉

手抱肩扛显然不够

必须用所有乡村的肩背和车马来驮

才能搬动金秋

2

在山水间扬抑，我是一支橹

荡开掩人耳目的莲叶

我要前往在河之洲

寻找我的《诗经》

水面刻满我的竹简文字
水中游弋与我一样轻浮的浅云
把一曲叫争渡的词
从宋元深水处钓起
不小心把整座湖拉到天上去
爱在云端挣扎遥不可及

3

在人间顿挫，我时而凝重，时而奔放
有风的性子，水的性感
在肌肤抹一道河，村庄就在河边住

屋檐下日出，我伫立一刻
人间已日暮，指尖点一下池塘
波澜放大为夜，轻飘飘，任人拎着游走

淌过岸地、山路、闲云，淡香凝固
风不吹，河水照样弯过天空
时光掠过湖水，不带人间烟火
只是老了蔫了，倚在墙壁，像我
一只供后人参拜的灵牌

回光返照的赞美诗

那时我眉目安详，想为世间多留点心安
你们从星天夕赶来，把我围成一炉炭
星光有点寒，正好围炉取暖

站在巅峰，一览众山，我目光如电
亲人是我前世的债，今生的缘
与人结怨是我心不宽

我屏退左右，把你叫来，告诉你
自从遇见你，我开始了含糖的人生
下辈子还要找回这份甜蜜和柔软

回首遥远，所有苦难已拧成山路
交你收管，你遭遇的白眼
犹如初雪沐于树梢，只需三瓣暖阳

蓝天白云入了水乡，我一脚登上渡船
轻轻对你说，今生的我
只为你活，只掩埋于你的目光

跋

 1963年7月，我出生在福建的一个山乡，自小家境贫寒，但邻里互帮，亲戚互济，我也过早地体验到了人间冷暖。兄弟姐妹有四，我是老四。入小学后，成绩一般，无特长，只是表现中规中矩，老师也无偏袒，同学间叽叽喳喳，很多话说不完。倒是放学后很精彩，同学三五一群，欢呼雀跃，经常跑入大山采野果，书包早就掏空，当果筐，所采野果有山柿、杨梅、山栗子，还有很多写不出来的野果种类，季节里有什么就采什么。那时饿，所以馋，村东头蕉芋花一开，不知有多少蕉芋花蜜，流进我肠胃，至今我的心底还留着那一份清澈的甜。

 大山对我的影响是深刻的，是我放不下的一份情感。不知不觉间，我爱上小人书，放学回来，书包多出一本小人书，就像过年。小人书资源有限，必须在班里交换，因比，我只好向母亲要。只要与书本有关，母亲从不吝惜，小学毕业，小人书居然塞满一个木箱。现在想来，母亲的那些零票，都是从鸡蛋鸭蛋山药蛋里扒出来的，她之不易，只有那些有一些年纪的人才能想象得出。二十年前母亲去世，我想找回一些小人书，找回一点点母爱，无奈它们已散失，随母亲去了天上。

读中学时我醉心图书馆，能借出来的书都借出来，有时还用上同学的借书证，双管齐下。作业不多，点灯只为读小说，为主人公的命运，为接下来的情节发展。图书以古典名著为主，也有一些现代经典，当时只有像《青春之歌》《红旗谱》《大刀记》之类的书，读多了，味来了，爱不释手，就把古典诗词与其中现代诗抄录下来。在一次题目为《路》的写作课中，因为活用并添加了其中的诗意，被李文塔老师打出100分，并当场作为写作示范朗读一遍。从此，我开始喜欢语文，等作文课就像等着过节，每次写作文为了老师表扬花费心思，别出心裁，总能得到老师几个赞赏。此后，所有学科突飞猛进，犹如神助，直到参加1979年高考被大学录取，都与李老师点赞不无关系。好孩子是夸出来的，一点没错。

父亲像一只燕子，每日飘入大山，他一生只为五谷忙碌。虽家贫，但缺衣少粮的日子并不多，除了大困难时期或老天作对，能保证他的儿女不至逃荒。他当过茶厂厂长、大队支委，没有一件东西往家里搬。建瓦房，用的是下脚料。邻居调侃他"管着千亩山，新居土坯房"。我也有点疑惑，直到有一天，父亲说出家世，新中国成立前，我奶奶人称林大嫂，爷爷上山耕田，耕牛被土匪抢去，与之拼命被枪杀，奶奶三十多便守寡。1929年朱德军长率二、三纵队进驻我村，朱军长特意让奶奶上台诉苦，会后还看望她，并送给她两袋军粮。奶奶对九岁的爹说："没见过这么好的军长，没见过这么好的军队，娃子啊，跟上这样的好人是一生的福。"我听完父亲身世，理解了他的初衷和底线。

参加工作后，最初几年，忙于研磨教学，后来教学过关了，觉得还应做一些与专业有关的事，就参加了《诗刊》函授，发表一些习作。1989年，《圩镇速写》发表并获得《福建日报》全国诗歌征文三等奖，让我觉得，只要努力，一切都能如愿。工作中，我努力做事，低调做人，获得不少"铁杆"同事。不久后，被领导选上管理岗位，后来，当上副校长、校长。我是谨慎的人，只好放下诗歌，学校琐事弄得我一身烦，直到前年才有了一些空间和时间，回到诗歌，进入柔软而丰盈的精神世界，不管学得成学不成，都是初心所在。

我喜欢听萨克斯独奏、小提琴独奏，觉得它们更像诗歌；也喜欢听女中音，那浑圆又不失悠远的韵味，直击内心，让我想起今生的风雨坎坷，想起半辈子来的苦难。

诗歌让我多一份纯粹，多一份宁静，能伴我终生。正如亚里士多德所说，事物的存在既可能出自目的，又可能出于必然。华兹华斯说过，孩子是成人的父亲，诗歌是人类的母亲。

面对诗歌，我更多时候只能拜山、问道、修行。